AF364990

Alessandra Negrello

ZOLFO
un amico
un po' speciale

Illustrazioni di Alessandra Negrello

Titolo | ZOLFO – Un amico un po' speciale
Autore | Alessandra Negrello

ISBN | 978-88-91190-12-3

© Tutti i diritti riservati all'Autore
Nessuna parte di questo libro può
essere riprodotta senza il
Preventivo assenso dell'Autore.

Youcanprint Self-Publishing
Via Roma, 73 – 73039 Tricase (LE) – Italy
www.youcanprint.it
info@youcanprint.it
Facebook: facebook.com/youcanprint.it
Twitter: twitter.com/youcanprintit

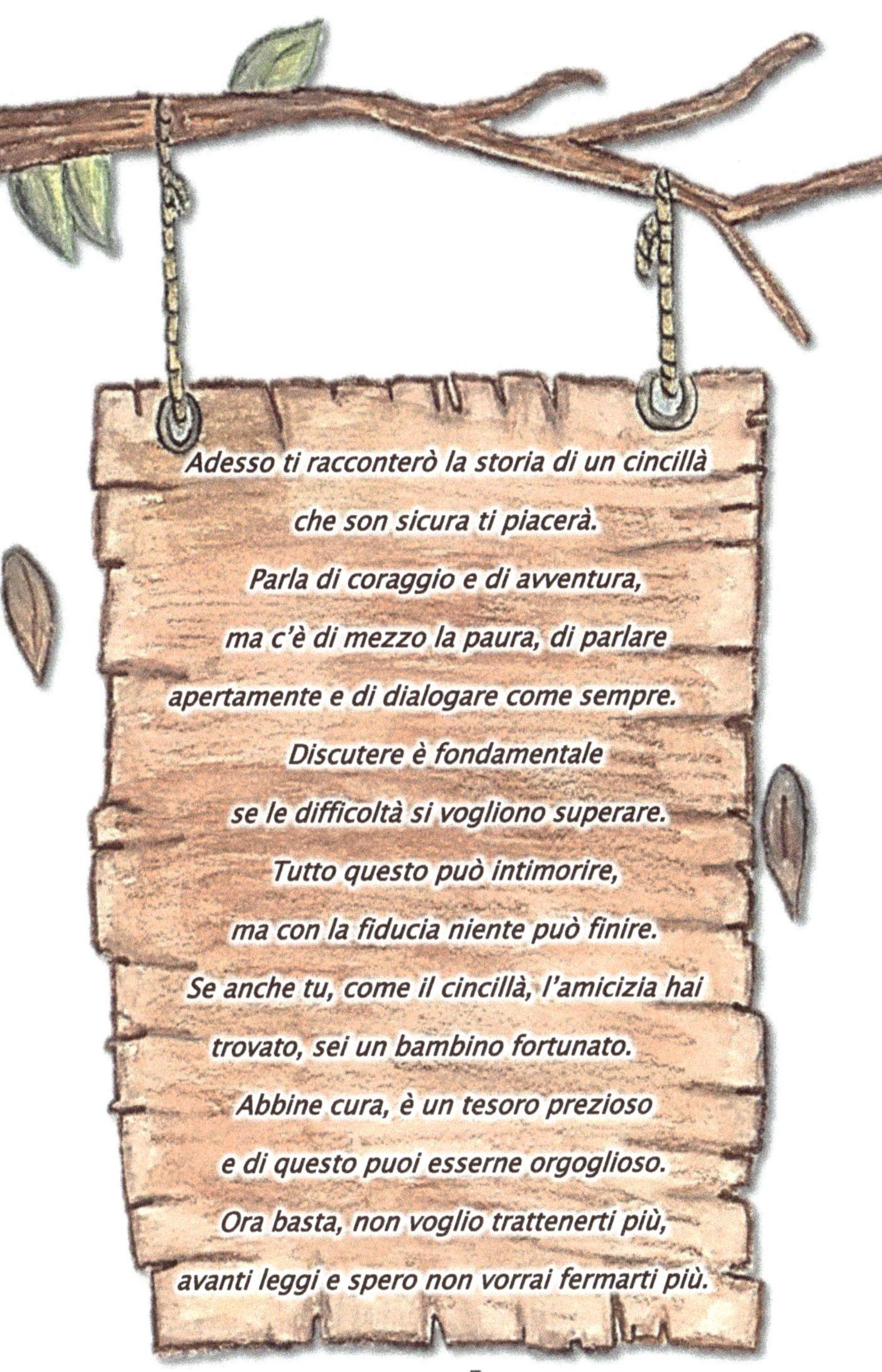

Adesso ti racconterò la storia di un cincillà

che son sicura ti piacerà.

Parla di coraggio e di avventura,

ma c'è di mezzo la paura, di parlare

apertamente e di dialogare come sempre.

Discutere è fondamentale

se le difficoltà si vogliono superare.

Tutto questo può intimorire,

ma con la fiducia niente può finire.

Se anche tu, come il cincillà, l'amicizia hai

trovato, sei un bambino fortunato.

Abbine cura, è un tesoro prezioso

e di questo puoi esserne orgoglioso.

Ora basta, non voglio trattenerti più,

avanti leggi e spero non vorrai fermarti più.

CAPITOLO 1

ZOLFO

Zolfo se ne stava raggomitolato su se stesso come era solito fare nelle ore mattutine, ma quel giorno non riusciva a dormire: nel negozio c' era un via vai continuo di persone e quel caos lo frastornava.

Prese a squittire in maniera assillante e il negoziante, stufo di quel rumore, lo zittì scuotendo la gabbia.

Questo era il periodo più bello dell'anno per gli animali: si avvicinava la fine dell'anno e famiglie intere si recavano all'emporio per scegliere il regalo da chiedere a Babbo Natale. Purtroppo per Zolfo, tutti preferivano cani, gatti, uccellini, pesci, ma nessuno si degnava di rivolgere uno sguardo a lui; così per il roditore, un cincillà dalla pelliccia di un color argento brillante, era un comune giorno dell'anno... solo con più confusione e nulla più.

I giorni passavano e la festa si avvicinava, ad ogni gabbia avevano appeso una targhetta, con annotato nome e indirizzo del futuro proprietario; la consegna era per tutti la stessa: 25 dicembre.

Mentre il Sig. Baluardo, il proprietario, appuntava ogni biglietto pensava fra sé:

Quest'anno Babbo Natale avrà il suo gran da fare e io sarò l' uomo più felice del mondo!

Poi si voltò attirato da un tintinnio continuo e vide Zolfo, il cincillà, che con tutta la sua forza addentava le sbarre. Si avvicinò e gli mormorò:

«Povero amico mio, ormai sono tre anni che ci conosciamo e tutte le volte che arriva questo momento mi sento così affranto per te; sai, se potessi trovarti una casa mi sentirei più sollevato, ma sembra che tutti i bambini ti scansino come se tu fossi la creatura più brutta della terra.»

Sbuffò e scosse la testa, afflitto dalla tristezza che leggeva negli occhi di quel piccolo peloso roditore.

Dal canto suo Zolfo, rassegnato a quella vita, guardava la gente andare e venire di continuo. Spesso le persone guardandolo scuotevano la testa; (non capivano che era diverso e sembrava che nessuno lo stesse a sentire), lui tentava di comunicare con loro, ma nessuno lo ascoltava.

I giorni passavano e lui decise che non valeva la pena angustiarsi per quel destino (che sempre lo aspettava al varco) e per questo, il più delle volte, si accucciava in un angolo aspettando l' orario di chiusura.

Intanto nella casa del Signor Bergamotto, Ermes ed Emma scrivevano la letterina a Babbo Natale.

I due fratelli erano seduti al tavolo vicino al camino, un fuocherello vivace scoppiettava mandando zampilli di cenere su per il comignolo.

Da lì sarebbe sceso Babbo Natale in quella notte speciale per portar loro i doni. Chissà poi come faceva a calarsi giù dal buco così stretto con quel grosso pancione.

Mentre i due scrivevano, il papà si avvicinò per sbirciare; non si stupì di leggere che entrambi, per il terzo anno consecutivo,  chiedevano un piccolo animale da compagnia. Andò in cucina a parlarne con la moglie che era intenta a cucinare; dal profumino delizioso si intuiva che stava preparando una minestra, ottima, vista quella fredda serata d'inverno. Si avvicinò al pentolone fumante, annusando e sospirando disse:

«Cara, anche quest'anno i ragazzi vorrebbero per regalo un animaletto, magari Babbo Natale potrà portarglielo!» disse d'un fiato. Sapeva che la moglie non era contenta di quella premessa, così cercò di convincerla.

«Maria, ti prego ascolta, può essere una buona idea... insegneremo loro come provvedere al suo mantenimento, un po' di responsabilità non gli farà di certo male , no?»

La moglie alla fine smise di girare la minestra e guardò il marito.

«Non so se sia una buona idea, prendersi cura di un animale è un grosso impegno e non sono certa che loro siano in grado di farlo con costanza... andrà a finire che presto sarò io a dovermene occupare, come se non avessi

11

abbastanza cose da fare!» la Signora Bergamotto non era convinta di quella scelta però qualcosa le diceva che doveva dar loro fiducia, quindi si affrettò a dire:

«Va bè pensiamoci su, ne parleremo ai ragazzi, poi vedremo se accettare che includano nella lettera anche quella richiesta.» Si rimise di nuovo a mescolare la minestra e si accorse che stava bruciando, si girò arrabbiata e disse:

«Possibile che tu scelga sempre di discutere mentre sono concentrata a cucinare? sei fortunato che sono arrivata in tempo: se tardavo ancora un po' l'avrei bruciata! Accipicchia a te!»

Aldo Bergamotto si mise una mano alla bocca sogghignando di nascosto; i suoi occhi brillavano di gioia, era felice per i suoi fanciulli, ricordava che molti anni prima anche lui da piccolo sognava di avere un animaletto.

I suoi genitori non erano per niente d'accordo e spesso giocava solo nella sua cameretta, la sorella maggiore, soleva sempre studiare, sicuramente un amico a quattro zampe avrebbe colmato quell'assenza.

Si appoggiò allo stipite della porta e osservò i figli mentre finivano di scrivere, colse sui visi uno sguardo d'intesa... infine pensò che avessero ascoltato la conversazione di poco fa con la moglie, quindi si augurò che Maria prendesse sul serio l'argomento, altrimenti avrebbe finito solo per illuderli.

CAPITOLO 2

FINALMENTE AL " PET SHOP "

L'indomani i coniugi Bergamotto decisero di portare i figli all' emporio di animali, ma ancora non sapevano quali sorprese li stessero aspettando...

Ermes ed Emma non credevano ai propri orecchi, i loro genitori avevano acconsentito di includere nella lista dei doni una creatura a quattro zampe! Non stavano nella pelle, fra meno di un'ora si sarebbero recati nel miglior negozio di animali della città, il famoso "Pet Shop" di Milano.

Chiunque lo conoscesse nel raggio di cinquanta chilometri, sapeva che possedeva una gran varietà di specie, da quelle esotiche a quelle super introvabili e di sicuro avrebbero avuto soltanto l'imbarazzo della scelta.

Aldo e Maria non avevano specificato quale animale prendere: Ermes propose un classico cagnolino, mentre Emma, che fra i due era quella più originale, ipotizzò un'iguana dell'America centrale, più precisamente quella della penisola dello Yucatan nel Messico.

«Ma che dici Emma? Ti pare che papà voglia in casa un animale del genere? Figuriamoci poi mamma, fissata con la pulizia e schizzinosa com'è non acconsentirà mai!» Ermes non aveva tutti i torti, conosceva bene i genitori e s'era fatto un'idea abbastanza chiara di cosa avrebbero potuto prendere.

Mentre i ragazzi erano ancora nelle proprie stanze i Signori Bergamotto erano già in macchina pronti per partire.

«Emma ? Ermes ? Allora, venite o avete intenzione di rimanere a casa?» Aldo stava perdendo la pazienza, ma i bambini erano concentrati a discutere su quale animale scegliere che non sentirono nemmeno le urla del padre fino a che lui, scocciato, si mise a suonare il clacson diverse volte. In un battibaleno scesero le scale, attraversarono il salotto e finalmente uscirono fuori casa. A quel punto   Aldo stava scendendo dall'auto per raggiungere i figli e dar loro una bella tirata d'orecchie. Se c'era una cosa che lo faceva veramente infuriare era aspettare inutilmente.

Così si avviarono al Pet Shop, attraversando il paese e dirigendosi verso la tangenziale est.

I bambini erano euforici, gli occhi passavano nervosamente dal finestrino all'orologio del cruscotto, come se da un momento all'altro il negozio stesse per chiudere. Del resto un sogno stava per avverarsi e la loro frenesia era del tutto giustificata.

Mancavano solo cinque chilometri a viale Palmanova , era lì che si trovava il negozio; parcheggiarono   poco   distante   e s'incamminarono lungo il viale fino al numero 21. Davanti all'entrata Ermes alzò gli occhi e

vide l'insegna al neon, si girò verso la sorella, la prese per mano e insieme varcarono la soglia.

Vista l'ora tarda molta gente se ne era già andata, dentro c'erano una miriade di gabbie di tutti i tipi e dimensioni. Il rumore era assordante, un miscuglio di versi riempiva la stanza: miagolii, cinguettii, i cani abbaiavano e i merli fischiavano, tutto ciò era strabiliante.

Aldo si avvicinò ad una gabbia, c'era dentro un cucciolo di cane, bianco come la neve. Chiamò i ragazzi e glielo mostrò, era sicuro che avrebbero urlato dalla gioia e infatti fu proprio così.

«Wow!» esclamò Ermes, sul viso un lampo di stupore: mai e poi mai pensava che il padre gli avrebbe permesso di chiedere come sorpresa quel cane, al massimo un gatto, ma il cane gli sembrava davvero troppo... era il suo più grande desiderio.

«Vi piace?» gli chiese infine Aldo. «Pensavo
che se proprio abbiamo deciso di prendere un
animale tanto vale avere il meglio del meglio.»

A quel punto intervenne il Signor Baluardo
che con discrezione stava osservando la
clientela.

«Buongiorno   Signori,   se   desiderate
chiarimenti sono qui per soddisfarvi!»

«Grazie, stavamo proprio guardando questo
splendido cucciolo di cane» disse il Signor
Bergamotto.

«Bello vero? E' una razza particolare... » così
dicendo   incominciò   a   descrivere
dettagliatamente l'animale: specificandone la
razza, la provenienza, l'età, insomma tutto ciò
che riportava il suo pedigree (una specie di
documento nel quale era esposto l'albero
genealogico di quel batuffolo di pelo).

«Emma, Emma... senti che dice papà: vuole
prendere questo cucciolo, non ti sembra che sia
super fantastico, anzi che dico stra stra
magnifico?» Ermes era sbalordito. Si abbassò
per avvicinarsi alla gabbia e la sorella gli si
affiancò.

Aldo prese per mano la moglie, gliela
strinse, e la ringraziò per aver fatto quella

scelta, si guardarono intensamente e sorrisero entrambi contenti di vedere i loro figli soddisfatti.

«Bello! Come lo potremmo chiamare?» disse Ermes voltandosi verso Emma.

«Chiamalo brutta palla di pelo!»

«Come dici Emma? Non mi sembra un bel nome, non hai niente di meglio da proporre? »

«Ma, io... io non ho nemmeno parlato, sei stato tu papà?» chiese Emma.

«A dire cosa? Stavo ascoltando il Signor Baluardo che mi spiegava che manca giusto un mese e il cucciolo sarà svezzato, Babbo farà in tempo a calarsi nel camino e consegnarcelo giusto per Natale.»

«Solita storia, solita scelta... GUARDATEMIIII! Non vedete che ci sono anch'io?»

«Emma?» disse Ermes.

«Ermes?» disse Emma. I due non capivano da che parte arrivava quella voce, guardarono in lungo e in largo ma nella stanza erano rimasti solo loro, fra non molto la bottega avrebbe chiuso.

«Qui, qui... in basso mi vedete?» disse una vocina. Ermes e la sorella abbassarono gli occhi verso una piccola gabbietta, conteneva uno strano animaletto.

«Davvero... davvero voi potete sentirmi?» disse incredulo l'animaletto.

Ermes vide che i genitori erano concentrati ad ascoltare il venditore e non avevano notato nulla di strano; quindi si avvicinò all'orecchio della sorella.

«Senti anche tu quello che sento io?»

«Certo che mi sente anche lei, e io capisco quello che dite !» disse l'animaletto sovrastando la voce di Ermes.

«Ermes, dobbiamo prendere questo, altro che il cucciolo, lo dicevo io di chiedere qualcosa di speciale, è proprio quello che ci vuole... chi altro possiederà una bestiolina parlante? Caspita, ti rendi conto di che fortuna abbiamo?»

«Brava, brava, questo sì che è parlare saggiamente: prendetemi e non ve ne pentirete.»

«Ma cosa penserà papà se gli diremo che piuttosto di quel cagnolino dolce e candido noi vorremmo questo... RATTO?»

«Ehi tu, bada a come parli, se pensi che io sia un semplice RATTO allora torna pure dalla palla di pelo. Tanto ormai sono abituato ad essere scartato , tutto ciò che non è bello per voi non conta niente» sbraitò offeso il cincillà, tornò nell'angolo e si raggomitolò.

«Scusa, io non volevo offenderti, solo non so come spiegare il fatto che preferisco te a quel cane, tutto qui»

«Appunto, questo intendevo dire!» disse il roditore. «Trovate che loro siano più carini e tutti gli altri animali non contino nulla, ma chi l'ha detto che tutto ciò che non è grazioso sia da buttare? Se pensassi così di voi cosa direste? Ognuno di noi merita di essere preso in considerazione, anche un RATTO come me!»

I bambini ci pensarono un po' su, poi si avventarono sul padre che dall'impeto venne scaraventato addosso alla gabbia del cucciolo e quello di rimando piagnucolò.

«Ehi, è il modo di comportarsi questo? che c'è di tanto urgente da scuotermi in quel modo?»

«Sai papà, io ed Emma stavamo riflettendo che sarebbe interessante avere una compagnia che non fosse il solito cane; abbiamo pensato al gatto, ma insomma, miao qua, miao là, anche lui sarebbe poco originale. E allora abbiamo deciso di prendere quello... » I ragazzi indicarono l'animale.

Il Signor Baluardo, contento di quella scelta che aspettava da anni, fu felice di accorrere in aiuto dei ragazzini.

«Ah si, ecco» e fece segno col dito «E' un vero cincillà delle Ande» e prese a descrivere con entusiasmo il piccolo roditore.

Sud America

SUD AMERICA
PERÚ
CORDIGLIERA DELLE ANDE
OCEANO PACIFICO
CILE
ARGENTINA
Io sono nato qui!
TROPICO DEL CAPRICORNO
OCEANO ATLANTICO

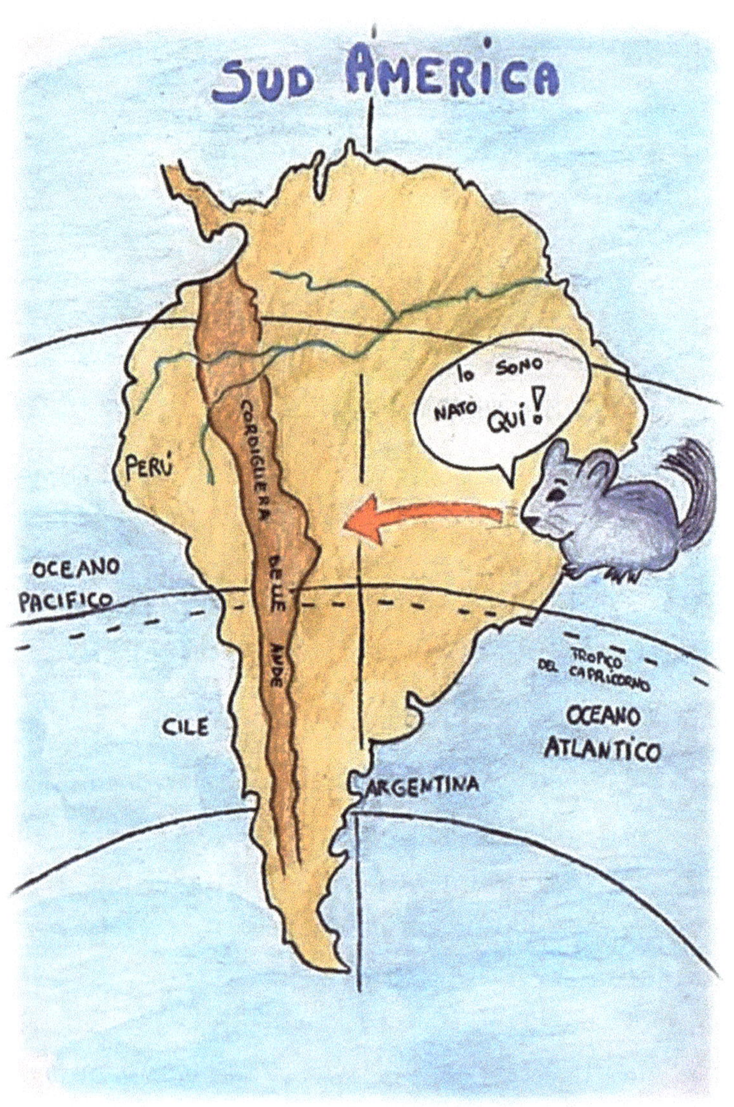

«Sapete? Sa essere molto giocherellone, gli piace zampettare qua e là, i suoi arti gli permettono di fare salti anche di un metro d'altezza» non fece in tempo a finire la frase che Maria, la madre, disse:

«Ah, no. Eh? Un ratto in casa mia proprio no! Non ci penso nemmeno!» e fece una faccia schifata.

«Rieccoci con la storia del ratto! Ma vostra madre non sa che i cincillà sono animali molto puliti? Fra l'altro nemmeno puzziamo noi!»

«Ssssssh... » gli fece eco Emma.

«Non intrometterti!»

«Mica mi può sentire! Siete gli uni... »

«Emma si può sapere con chi stai parlando?» le chiese la madre.

«Oh niente, parlavo da sola, ma sai che sono pulitissimi? E nemmeno sporcano, vero?»

«Giusto!» disse il negoziante «Non pensi che sia il solito topo d'appartamento, non puzza, non morde e non fa i bisogni in giro; è possibile anzi doveroso farlo uscire dalla gabbia almeno un'oretta al giorno per sgranchirsi le zampette, inoltre se ci sapete fare risponde ai richiami. E', come dire, addomesticabile» certo il negoziante conosceva bene il suo lavoro e dopotutto il suo emporio vantava una certa fama anche grazie alla sua capacità di persuasione.

«Che ne dici cara?» disse il Sig. Bergamotto che sino a quel momento era rimasto solo ad ascoltare quella buffa conversazione.

«Dai, dica di sì, brava Signora» disse il cincillà.

«E' vero cerca di convincerla» disse Ermes rivolto all'animaletto.

«Ti sei scordato che fino ad ora siete stati gli unici a sentirmi?» puntualizzò l'animale.

«Ermes, da quando in qua capisci il cincillese?» Maria alzò gli occhi per aria, infastidita dall'umorismo del figlio.

«Mamma, sai, ultimamente la maestra dice
che sono diventato spiritoso!» rispose il ragazzo
arrossendo, mentre la fronte si imperlava di
sudore.

«Bella questa, mi piaci Ermes!» disse il
roditore.
«Grazie, lo so che sono forte!»
«Adesso si fa anche i complimenti da solo...»
la mamma giunse le mani e scosse la testa.

Ermes ed Emma si diedero da fare per calmare la gioia del cincillà e finalmente riprese la parola il negoziante riuscendo nel suo intento e convincendo i clienti ad accettare la proposta dei figli.

In breve la famiglia era di ritorno verso casa. Erano tutti contenti tranne la Signora Maria ancora incredula di aver permesso a suo marito di accettare in casa quel... RATTO.

Così anche sulla gabbia del cincillà venne messa la solita etichetta con la scritta: prenotato...

Sig.
Bergamotto
25
Dicembre
2015

CAPITOLO 3

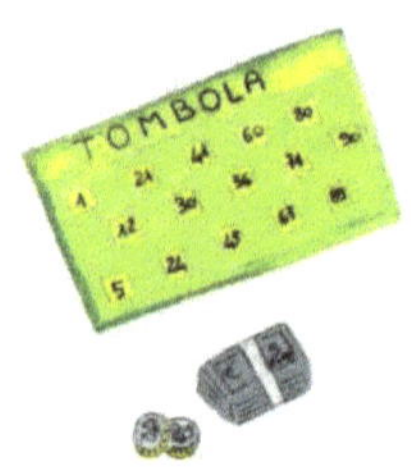

LA NOTTE PIU' LUNGA...

Finalmente la notte di Natale era vicina.
In casa gli adulti preparavano la cena della vigilia e l'atmosfera era gioiosa. Intorno al camino avevano appeso le calze, le decorazioni delle finestre erano tutte di un rosso fiammante e i due bambini avevano disegnato, con le bombolette spray, fiocchi di neve finta. Vicino al camino c'era un grosso albero di Natale

pieno zeppo di palline e festoni.
Ogni volta ne cambiavano le sfumature:

quest'anno doveva essere multicolore, volevano che fosse speciale per il loro amico.

Intanto quasi tutti gli invitati erano arrivati. Fra loro c'era anche Augusto, quel cugino che Emma ed Ermes tanto odiavano: era dispettoso e prepotente, aveva la stessa età di Ermes, dieci anni, solo che era molto più alto e robusto. Per questa ragione pensava di poter fare il gradasso e spesso li prendeva in giro minacciandoli e dicendo loro di fare silenzio. Infatti, i fratelli non erano capaci di difendersi, ne tantomeno raccontavano ai loro genitori ciò che subivano. Svariate volte

Augusto aveva preteso dai cugini la merenda, tanto che divenne un'abitudine consegnargliela. Altre volte invece, usando le maniere forti e sbattendo Ermes contro il muro, lo obbligava a fare i compiti al posto suo, assicurandosi così di prendere bei voti.

«Giuro Emma , questo sarà l'ultimo giorno che potrà trattarci da idioti... chiederemo aiuto al nostro cincillà, ne vedremo delle belle te lo assicuro!» Ermes fece l'occhiolino alla sorella e le diede il cinque, così si prepararono ad escogitare la prossima vendetta.

Erano ormai quasi le otto di sera e la cena stava per essere servita, i nostri amici si sedettero come era solito fare nelle giornate di festa: gli adulti da una parte del tavolo e i bambini dalla parte opposta.

Mentre tutti quanti stavano finendo la seconda portata quell'antipatico del cugino se ne uscì con una trovata delle sue:

«Zii, siete d'accordo se organizziamo una tombolata a soldi?» si girò ammiccando verso Emma, la quale conosceva i segnali di pericolo ed era sicura che Augusto stava per fiondarsi contro di loro.

Purtroppo, l'unico modo che lui conosceva per divertirsi era prendersi gioco degli altri, il rispetto e la lealtà non erano parole menzionate nel suo vocabolario.

Gli zii accettarono di fare una mega tombolata. Il cugino, spilorcio com'era, prese solo una cartelletta, mentre ai fratelli la madre aveva preso tre cartellette ciascuno.

Si fece silenzio. Aldo che aveva il tombolone estrasse il primo numero dal sacchetto:

«Uno... come me non c'è nessuno!» disse ad alta voce per farsi udire da tutti.

«Ce l'ho!» gridò Augusto.

«Novanta... la gallina che canta!»

«Ermes ce l'ha!», continuò ancora il cugino con aria arrogante mentre sbirciava i numeri dell'altro.

«Quarantotto... vai in cucina e fai il risotto, trentatré... chi fa da sé fa per tre!» andò avanti così per un bel po', gridando e rimando a squarciagola ogni numero che estraeva.
«Cinquina!» fece uno.
«Cinquina!» fece un altro.
In men che non si dica il mucchietto di monetine al centro del tavolo si stava rimpicciolendo sempre più, mentre il premio per la tombola era al sicuro sotto il tombolone.
«Undici, ventitré, quaranta, sei... quello che farei!» continuò Aldo, intanto gli altri giocatori ascoltavano divertendosi un sacco con le rime con cui chiamava i numeri.
Poi Augusto si avvicinò ad Emma che era seduta alla sua sinistra. Praticamente il furbo si era piazzato in mezzo ai due, in modo da poterli tenere d'occhio entrambi.
Verificava l'esattezza dei numeri estratti e contava con precisione i soldi che stavano guadagnando con le cinquine.
«Ah, ecco! Uno a tombola per Emma»
«Smettila! Son capace sia di contare che di parlare!» rispose con schiettezza lei corrugando la fronte.

«Prova a rispondermi ancora così e vedrai cosa ti farò!» disse sottovoce Augusto, stando ben attento a non farsi ascoltare dagli altri.
«Trenta... la fortuna che mi tenta!»
«Tombolaaaaa...!»
«Piantala ti ho detto» disse Emma.
Augusto si alzò, le strappò la cartelletta di mano e la fece svolazzare sopra il tavolo, evitando così di fargliela prendere. Il padre di Ermes, stufo di quel battibeccare, si alzò e tolse la cartelletta al figlio.
Intanto, Aldo iniziò il conto alla rovescia per accertare l'avvenuta tombola e quando ne constatò l'esattezza consegnò la vincita in denaro alla figlia.
Nel frattempo si erano fatte le undici di sera. Ormai tutti stanchi e pieni delle prelibatezze della cena si apprestarono a rientrare ognuno nelle proprie case.
Però, come previsto, il pretesto della tombolata era stata per Augusto la scusa per racimolare qualche soldo. Infatti, prima di andarsene salì nelle loro camere, ricattò i cugini e con prepotenza si fece dare i soldi delle vincite; sottraendo i premi ai fratelli aveva portato a casa un bel gruzzoletto.

Questa volta però a loro non importava, quella era la sera della vigilia; non avevano intenzione di rattristarsi permettendo a quel tiranno di averla vinta.

Andarono di corsa in bagno, si lavarono i denti e si misero il pigiama, tutto questo senza farselo ripetere due volte. Il motto della vigilia era sempre lo stesso: prima si va a letto prima si scartano i regali, quindi via di corsa sotto le coperte.

CAPITOLO 4

ALLA SCOPERTA DEL MONDO

Il primo ad aprire gli occhi fu Ermes, si alzò di corsa e svegliò di soprassalto Emma, prima di dirigersi in salotto dove c'erano i regali. Emma invece, impiegò qualche minuto prima di rendersi conto che era la mattina di Natale; quando il torpore della notte svanì, scese in fretta le scale e in un attimo fu al fianco del fratello. Si fermarono un istante per assaporare meglio il momento, poi si buttarono a capofitto e scartarono con foga tutto quello che erano riusciti ad acchiappare.

Immaginarono che il regalo più bello fosse dentro al pacco più grosso, così lo lasciarono per ultimo. Quando ebbero finito di disfare tutti gli altri, si misero uno di fronte all'altro prendendosi le mani.

«Ci siamo, speriamo che il nostro desiderio sia stato esaudito»

«Non temere Emma, sono sicuro che dentro a questo enorme pacco c'è il cincillà e la prima cosa che faremo non appena lo vedremo sarà chiedergli come si chiama.»

Si girarono verso la confezione e presero entrambi un lembo del fiocco, lo tirarono lentamente e quando si sciolse, un piccolo nasino curioso spuntò tra le sbarre, annusò l'aria, diede un'occhiata in giro finché si trovò davanti i visi sorridenti dei ragazzi.

«Meno male che il viaggio è finito, più che un viaggio in slitta quello mi è sembrato il giro della morte sulle montagne russe!» disse il cincillà.

«Finalmente sei arrivato... come ti chiami?»

«Zolfo, ho tre anni, e voi?» rispose il cincillà. Aveva una voce sottile, ma al tempo stesso emanava sicurezza, si guardò attorno curioso osservando la stanza e tutto ciò che lo circondava.

«Io sono Emma e lui è mio fratello Ermes, io ho sette anni e lui dieci, ma... sei un animale magico ?»

«A dire il vero non saprei che dirvi, sono nato nel negozio del Signor Baluardo e da allora non sono più uscito; voi non avete mai visto altri cincillà?»

«Solo nei libri, non siamo mai stati in un negozio di animali. I nostri genitori sono sempre stati contrari a comprarci qualsiasi tipo di animale: questa è la prima volta che ci dicono di si!»

«Ora che farete? mi terrete in cattività come fossi ancora in un negozio? Sono stufo di starmene tutto il tempo rinchiuso, voglio zampettare e saltare qua e là, le mie zampette si stanno indebolendo e mi sembra di impazzire»

«A dire il vero non ci abbiamo pensato, il problema è trovare il modo di liberarti. Dovremo farlo quando i nostri genitori non sono in casa o altrimenti mamma ci farà la pelle, dovrai pazientare ancora un po' finché riusciremo ad organizzarci, va bene? pensi di riuscirci?»

«Il Signor Baluardo ha due figli e da quanto ho capito di giorno vanno a scuola. Spesso, tornando a casa, quei ragazzi riferivano al padre le loro giornate: raccontavano di giardini, di piante; per non parlare dei racconti estivi... del profumo dei fiori, della rugiada della sera... attraverso i loro occhi ho visto il mondo, ora però lo voglio vedere con i miei!» disse Zolfo perdendosi a poco a poco nei racconti.
«Non potrei seguirvi?» domandò l'animaletto impaziente di scoprire la natura.
«Le cartelle mi sembrano degli ottimi nascondigli, potreste portarmi con voi, lasciarmi in giardino e poi finita la scuola ritornerei a casa. Quando i vostri saranno di rientro mi troveranno al mio posto, che dite?»
«Emma, pensi sia possibile?» chiese Ermes.
«Dovremo stare molto attenti, la mamma maniaca del pulito com'è, lo sorveglierà a vista, se non commetteremo errori potrebbe essere una buona soluzione... penso che sarà divertente»
«Batti il cinque sorella!»
Così fu deciso all'unanimità, ora bisognava mettere in atto il piano.

I primi giorni furono normali. I bambini studiarono ogni minuto a loro disposizione e così dopo qualche giorno decisero di puntare la sveglia dieci minuti prima rispetto al solito, si sarebbero mossi in base ai movimenti del piano

di sotto e quando Aldo e Maria sarebbero stati fuori dalla loro vista avrebbero nascosto Zolfo nello zaino.

Emma l'anno precedente aveva ricevuto come regalo di compleanno un topo di peluche grigio che, visto da lontano, avrebbe potuto assomigliare a Zolfo; detto fatto, avrebbero sostituito quello vero con quello falso. Inoltre, il

41

negoziante aveva consigliato di inserire nella gabbia vecchi pezzi di maglioni, di sicuro nascosto lì dentro non avrebbe destato nessun sospetto.

Si avvicinarono dei passi e i ragazzi misero fine alla conversazione.

«Allora, mi sembra di vedere che il vostro desiderio sia stato esaudito o sbaglio? Avete già deciso come chiamarlo?» chiese Aldo.

«Zolfo!»

«Come, Zolfo? Che razza di nome è Zolfo... con tutti i nomi simpatici ne avete scelto uno davvero strambo!»

«Di sicuro strano quanto lui!» esclamò la figlia, non appena parlò il fratello le diede una gomitata.

«Ehm... volevo dire che un cincillà delle Ande non può avere un nome qualsiasi »

«Beh, non hai tutti i torti, poi l'animale è vostro e spetta voi decidere quale nome dargli, e non solo, imparerete ad accudirlo e manterrete pulita la sua gabbia. Sappiate sin da ora che se mancherete ad una di queste responsabilità riporteremo Zolfo al negozio, spero di essere stato abbastanza chiaro. Sono sicuro che starete ai patti. Ora divertitevi che fra una settimana si torna a scuola» si chinò e baciò entrambi i figli sulla testa, poi raggiunse la moglie in cucina.

Così i giorni passarono e un suono acuto e fastidioso riportò alla quotidianità i due ragazzini; le vacanze natalizie erano giunte al termine però si alzarono senza fatica: era finalmente arrivato il momento di mettere in atto il piano.

Emma prese il topo giocattolo, scese le scale e lo ripose nella gabbietta avvolto da una copertina. Il cincillà, quello vero, le saltò sulla spalla facendola sussultare, il modo scattante in cui si muoveva l'animale la faceva sempre spaventare. Era velocissimo e saltellava ovunque, a tal punto che non riusciva a fermarsi andando poi a sbattere inevitabilmente contro qualcosa.

Zolfo ritto sulla spalla di Emma era pronto per la sua nuova avventura: il mondo lo aspettava.

«Mi raccomando stai zitto e non ti muovere finché non sarò io a dirtelo, intesi?» gli disse Emma.

«Là fuori ci sono un sacco di pericoli, non aver fretta di uscire in giardino, anzi, sarebbe meglio che restassi ad osservare per un paio di giorni!»
«Uffa però, sono stanco di aspettare, mi sembra di diventare matto!»
«Emma, ci sei? Mamma e papà sono pronti per andare al lavoro e fra non molto arriverà l'autobus, dobbiamo sbrigarci altrimenti lo perderemo.»
Il cincillà scese e scivolò nella tasca del maglione di Emma, lì era più comodo. Poi, sistemarono le cartelle in spalla e salirono sul pullman, dieci minuti dopo erano in classe.
Il maestro ci mise un po' a riportare la quiete in aula, lo fece con molta calma, sapeva bene che il rientro dalle feste natalizie era disastroso.
Quando finalmente si furono seduti tutti, iniziò la lezione di matematica.
Emma era seduta vicino alla finestra e non si accorse che dalla tasca era spuntata la testolina di Zolfo, che in silenzio, osservava il panorama là fuori.
Per lui tutto era nuovo: gli alberi, gli odori, persino l'erba gli era straniera, così se ne stava in tranquillità a scrutare il mondo attorno a sé.

D'un tratto il suo sguardo curioso si posò sulla finestra semiaperta poco più in là e in un baleno strani pensieri iniziarono a riempire la sua testolina.

Così, molto lentamente e senza fare il minimo rumore, tentò di uscire dalla tasca di Emma, ma un fruscio di fogli lo spaventò e d'istinto tornò ad accucciarsi nella tasca. Poco dopo, quando fu più sicuro e soprattutto quando capì che quel fruscio non era altro che lo sfogliare di un libro, riprese il suo tentativo di uscire dalla tasca.

Si arrampicò sul davanzale della finestra e quando fu vicino allo spiraglio non ci mise molto a sbucare fuori, fiutò l'aria e sentì il profumo di natura: quante volte aveva sognato un giorno come quello e non pensò neppure ai pericoli che i ragazzi gli avevano raccontato, ora c'erano solo lui e la sua libertà.

Corse giù per il muretto e si tuffò rotolando nel prato fresco; goccioline di rugiada risplendevano al sole sugli steli d'erba, tutto era così bello e naturale, altro che quella gabbietta squallida in cui era stato rinchiuso per tutto quel tempo.

Pochi minuti dopo udì un rumore provenire da dietro, si voltò e vide il suo più acerrimo nemico: il gatto.

«Ehi, stai calmo amico, sto solo guardando un po' in giro e non ti darò nessun fastidio, te lo assicuro.»

Il gatto di rimando soffiò e rizzò il pelo sulla schiena: non era un buon segno e Zolfo lo sapeva bene.

Con andatura lenta iniziò ad allontanarsi dal gatto, ma ogni passo era accompagnato dal miagolio stridulo del felino, allora aumentò la velocità fino a che si ritrovò a correre. E il gatto che fece? Come previsto si mise a rincorrerlo. Zolfo inizio a squittire per gli altri e ad urlare per Emma.
La bambina, che era in aula, senti un gran frastuono e si voltò verso il giardino. Zolfo iniziò a girare in tondo, cercando di guadagnare

più tempo che poteva attirando l'attenzione dell'amica.

Emma, però, non si era accorta che era l'unica nella sua classe ad essersi alzata e quando se ne rese conto l'insegnante la stava guardando di traverso.

«Emma!» gridò il maestro.

«Abbiamo iniziato la lezione da un po', non ti sei accorta?»

«Scusi , potrei andare in bagno... è urgente»

«Ok, ok, vai pure ma fai in fretta, noi continueremo la lettura.» Emma lo ringraziò e uscì in corridoio passando per la classe di Ermes.

Sbirciò dentro per attirare la sua attenzione, ma quando in punta di piedi raggiunse l'oblò della porta, intravide dalle finestre dell'aula il fratello: era già uscito all'esterno e correva dietro al gatto, il quale inseguiva Zolfo che sfrecciava zizzagando nell'erba; era quasi allo stremo delle sue forze quando perse l'equilibrio capitombolando a terra. Il gatto che non si aspettava il ruzzolone di Zolfo gli cadde addosso, a sua volta precipitò anche Ermes, che nel tentativo di acchiappare Zolfo per portarlo in salvo, era inciampato nella coda del gatto.

Ormai in classe, si erano accorti tutti di quello che stava succedendo fuori e sghignazzavano tra uno scivolone e l'altro.

Emma finalmente riuscì ad uscire, superò il fratello e poi con uno scatto ancor più veloce anche il gatto, raggiunse il cincillà e lo acchiappò per la coda e lo infilò in tasca. In fretta si girò e fece scappare il felino urlandogli dietro, quello fuggì nascondendosi in una aiuola.

Per non destare sospetti, Emma fece finta di posare il cincillà in un cespuglio, altrimenti il maestro l'avrebbe spedita in presidenza se solo avesse capito che l'animaletto era stato portato in classe da lei.

Emma riuscì nell'intento di nascondere Zolfo nella tasca senza farsi scorgere da nessuno.

Però gli insegnanti non furono molto clementi con gli alunni che vennero chiamati in presidenza e dovettero ascoltare la ramanzina del preside.

Finalmente arrivò l'ora del pranzo e si recarono alla mensa scolastica, ma anche lì ebbero i loro problemi: mentre camminavano per raggiungere il tavolo con in mano il vassoio zeppo di cibo indovinate chi si affiancò? Proprio quell'antipatico di Augusto!

«Ehi cugino, vedo che fai fatica a sorreggere quel vassoio... non preoccuparti te lo alleggerisco io!» così dicendo, prese il budino e lo yogurt alla fragola.

Quel gran furbacchione gli prese tutte le leccornie, lasciandogli nel portavivande solo la zuppa di ceci e il merluzzo alla pescatora.

«Chi è quello zoticone prepotente?» disse Zolfo che dalla tasca aveva sentito tutto.

«E' Augusto, quel rompi scatole di nostro cugino, fa sempre così e a volte anche peggio!»

«E non dite nulla? Vi lasciate insultare e gli permettete di prendervi ciò che vuole senza alzare un dito?» continuò Zolfo.

«Zolfo, parli proprio tu che stamattina per poco non ti facevi ammazzare da quel gatto? Non mi sembra che te la sia cavata molto bene, se non fossimo intervenuti noi, il gatto ora si starebbe leccando i baffi!»

Emma si sentì offesa, non tanto per le parole di Zolfo, ma soprattutto perché pur sapendo di sbagliare, lei e il fratello continuavano a tacere, rendendosi in questo modo accondiscendenti verso il suo comportamento.

«Ok, pari. Troveremo il modo per risolvere questi problemi, non preoccupatevi, tutti per uno e uno per tutti!» si diedero il cinque a suon di mano e codata.

Intanto poco più in là Ermes era sprofondato in un letargico silenzio. Ogni volta che veniva trattato in quel modo si vergognava di se stesso e si richiudeva a riccio isolandosi da tutto il resto.

CAPITOLO 5

UN' IDEA GENIALE

Terminata la cena, i ragazzi chiesero alla madre di far uscire Zolfo dalla gabbietta, dopo che acconsentì portarono il cincillà in una delle loro camere.

«Bene, vediamo un po' che si può fare per dare una lezione al vostro caro cuginetto» Zolfo se ne stava ritto su due zampe; alto poco più di 20 cm torreggiava sulla scrivania (almeno quello era ciò che pensava di fare considerata la sua piccola mole).

Emma ed Ermes lo ascoltavano con attenzione; il cincillà si mise a fare un lungo discorso sulla paura e il coraggio, spronando i due fratelli a ribellarsi. Vedendo che Ermes perdeva il filo del discorso, si mise a saltellare di qua e di là, grattandosi il muso baffuto, storcendo la bocca e mordicchiandosi le labbra con quei denti sporgenti.

Emma propose un piano alternativo: voleva usare Zolfo come cavia (qualcuno avrebbe potuto dire che in realtà lo era), disse che avrebbero potuto infilarlo nella felpa di Augusto e da lì sarebbe sceso lungo la schiena mordicchiandolo dappertutto.

«Troppo pericoloso!» disse Ermes. «Non voglio rischiare che prenda Zolfo solo perché io sono un vigliacco. No, faremo così...» detto ciò espose il suo piano d'attacco ...

Quella stessa notte Ermes non riuscì a chiudere occhio, ma non fu l'unico: di sotto nella piccola gabbietta anche Zolfo zampettava avanti e indietro ripassando quello che avrebbero dovuto fare la mattina seguente.

In realtà il roditore aveva una fifa tremenda e solo i due ragazzi erano convinti del contrario, quindi non poteva deluderli e neanche mostrarsi intimorito da tutto ciò che si trovava fuori. Una minima esitazione avrebbe fatto fallire il piano... e questo non doveva accadere. Stufo di contare le pecore, Ermes decise di scendere di sotto per convincere Zolfo ad aiutarlo nella costruzione di un pattino a rotelle molto speciale.

Si avvicinò alla gabbietta e chiamò Zolfo bisbigliando talmente piano che il roditore a momenti non lo sentì nemmeno.

«Zolfo... Zolfo... pssss... pssss...» dopo l'ennesimo bisbiglio, Zolfo alzò il muso stropicciandosi con le zampette i suoi bellissimi occhi neri.

«Che c'è?» rispose sottovoce.

«Stavo pensando che sarebbe divertente costruire per te una macchinina. Ho dei vecchi pattini che potremmo utilizzare come telaio, con l'aggiunta di un volante e una batteria potresti fare impazzire Augusto. Rimandiamo il piano di un paio di giorni e quando sarà pronto il marchingegno allora sì che saremo imbattibili... che ne dici?» propose Ermes.

«Dico che sono stanco e mi ero appena appisolato, ma credo che tu abbia ragione, dopo la scuola vedremo di costruire la migliore *topocar* che esista al mondo!»

Adesso i nostri amici erano tranquilli. L'idea di Ermes aveva convinto entrambi e finalmente la stanchezza prese il sopravvento lasciandoli in balia della notte buia.

«Vattene, vattene prepotente... lascia Zolfo... nooo...»

«Ermes, Ermes!» urlò Emma avvicinandosi al letto del fratello, il quale, bagnato di sudore, balzò dal letto in preda al panico.

«Calmo, calmo, è stato solo un sogno... che ti prende? Non ti ho mai visto in questo stato.»

Ermes si passò una mano sulla fronte asciugandosi le goccioline di sudore.

«Niente, è stato solo un brutto sogno: Augusto aveva preso Zolfo e lo aveva appena gettato nel canale... caspita sembrava reale, ho preso un bello spavento... non sono mai stato così felice di svegliarmi!»

La giornata proseguì tranquillamente, Zolfo era stato nel taschino di Ermes per tutta la mattinata.

Ogni tanto guardava fuori dalle finestre, poi d'un tratto gli venne in mente di disegnare la *topocar*.

«Ehi, Ermes»

«Che c'è?».

«Passami un foglio e una matita, vorrei disegnare la *topocar* così dopo la scuola potremmo iniziare a costruirla.»

«Dove avresti intenzione di metterti senza rischiare che gli altri ti vedano, sentiamo cervellone?»

«Sotto al tavolo, fammi una barriera davanti e di fianco così potrò nascondermi fra i libri, e mi raccomando la matita che sia ben appuntita e corta.»

Così tra geografia e storia Zolfo si diede da fare con il progetto facendo delle modifiche rispetto all'idea originaria.

Siccome da quanto aveva appreso nel negozio, i gatti odiavano l'acqua, pensò che se si fosse potuto aggiungere qualcosa per spruzzarla avrebbero preso due piccioni con una fava.

Aspettò l'intervallo per parlarne ai ragazzi. Emma propose di inserire una pompetta da profumo nella parte posteriore del pattino: azionandola a mano sarebbe stato possibile spruzzare la giusta quantità d'acqua per far fuggire il gatto .

Si sedettero a mangiare, fortunatamente Augusto era assente, così ebbero tutto il tempo di consumare il pasto con calma. Tra un boccone e l'altro Emma nascose un pezzetto di mela nel taschino e Zolfo affamato da ore lo divorò in un secondo.

CAPITOLO 6

LA TOPOCAR

La giornata era giunta al termine. Nonostante le ore scolastiche nessuno dei tre era stanco, avevano talmente premura di costruire la *topocar* che a malapena avevano voglia di fare la merenda.

Dopo che ebbero mangiato qualcosa per accontentare la madre andarono in garage.

«Ehi, voi due, non dimenticate qualcuno?» disse Zolfo che nel frattempo era stato messo nella gabbietta.

Si avvicinò Emma e stando bene attenta a non farsi sentire dalla madre gli disse:
«Scusa, siamo troppo entusiasti che ci siamo dimenticati di prenderti! Vieni qua Zolferino...» disse affettuosamente la bambina accarezzando la testolina pelosa del cincillà.
Dentro al garage i ragazzi si misero subito al lavoro. Zolfo aprì il foglio da disegno dove aveva progettato la *topocar*, così tutti e tre, chini sul bozzetto, cercavano di raccapezzarsi girandolo prima da una parte poi dall'altra.
«Dunque» disse Ermes «I pattini a rotelle si trovano sullo scaffale a sinistra, gli attrezzi su quello di destra, la batteria e il volante li staccheremo da quella macchina laggiù...» ed indicò con l'indice dove si trovava l'oggetto .
«Concludendo,   la   mia   cara sorellina ci procurerà la pompetta da profumo, ok?» tutti annuirono e andarono a prendere il materiale.
Mentre Emma saliva le scale per rubare la pompetta del profumo non si accorse che qualcuno la stava scrutando di sottecchi.

«Signorina, che stai facendo con quel profumo in mano... il mio profumo!» precisò la mamma che, nascosta in penombra, aveva osservato i movimenti della figlia ed insospettita si era fermata a guardare.

«Ehm... n-niente, la maestra a scuola ci ha chiesto di portare delle fragranze per i lavoretti d'arte» rispose Emma balbettando. Quando si trovava in difficoltà era il suo punto debole... si metteva a balbettare come un giradischi rotto.

«Mi raccomando deve tornare integro!» aggiunse la mamma.

«E... a proposito, cerca di non finirmelo tutto, è un regalo di tuo padre vorrei sfruttarlo ancora per un po', ok?»

«Grazie mamma... non so cosa farei senza di te!» schioccò un grosso bacio sulla guancia della madre, fece finta di metterlo in cartella e quando la madre fu lontana dalla sua vista sgattaiolò in garage.

«Caspita che hai fatto in tutto questo tempo, l'hai fabbricato il profumo?» le fece notare Ermes.

«Zitto, ogni volta che devo fare qualcosa io la mamma è sempre fra i piedi. O è una sensitiva oppure sono veramente scarognata!»

«Più facile la seconda! Dai vieni che iniziamo a lavorare, non prendertela , ci sei riuscita o no a procurartela ?»

«Beh si, però... niente dai costruiamo!»

Alla fine, passate alcune ore, erano tutti esausti. Ermes appoggiato al tavolo di lavoro chiedeva pietà a Zolfo di fare una pausa. Il cincillà gli disse pure di riposare senza problemi e che avrebbe continuato da solo ancora per un po'.

Il rombo di una macchina fece sobbalzare Ermes.

«Presto... è nostro padre che rientra dal lavoro , se ci becca siamo nei pasticci»

«Zolfo in tasca!» disse Emma, lui con un balzo le saltò in braccio e scivolò dentro. Intanto

Ermes nascose alla bene meglio tutti gli utensili e la *topocar*.

«Ehi, ciao ragazzi, cosa ci fate in garage?» chiese il padre.

«Stavamo cercando di aggiustare i miei pattini, l'altro giorno mentre giocavo insieme a Stefano sono caduto e si è rotto il freno.» Ermes più bravo della sorella a mentire fu così convincente che il padre gli credette sulla parola.

«Ok, io salgo, sono affamato e scommetto che vostra madre avrà certamente cucinato qualcosa di appetitoso» un gorgoglio di pancia giustificò la premura che aveva di mettere qualcosa sotto i denti.

«State pure qua ancora per un po', quando sarà ora di cena vi chiamerò» disse, poi girandosi verso i figli continuò:

«Ma... avete già fatto i compiti? e avete badato a Zolfo?»

«Si abbiamo già fatto tutto, Zolfo come al solito dorme, altro non fa quel fannullone!» disse Emma.

«Ahi... che male!» una smorfia di dolore le si dipinse sul volto, ma per fortuna Aldo non ci fece caso e si diresse verso la scala.

«Zolfo... non c'era bisogno che mi mordicchiassi. Era evidente che stavo scherzando, cercavo di depistare mio padre!»
«Si, si , come no! Intanto sono sempre io che passo per scansafatiche!» puntualizzò il roditore, ma ormai la loro complicità era al massimo livello e tutti si misero a ridere a crepapelle.
Dopo una mezz'ora finalmente la *topocar* era finita a tutti gli effetti.
 Erano riusciti a costruire un marchingegno degno di un ingegnere. Il pattino modificato era una bellezza: luccicante, colorato e velocissimo. Con l'aggiunta di un volante, una batteria e una pompetta per spruzzare l'acqua, erano riusciti a realizzare quello che Zolfo aveva disegnato in classe.
 Soddisfatti rientrarono in casa, misero Zolfo nella gabbietta e riempirono la mangiatoia con fieno fresco, mela essiccata e la gustosissima uvetta.
Infine esausti mangiarono ciò che la madre aveva messo in tavola, ma la stanchezza non permise loro di gustarne i sapori, finirono la cena e chiesero di poter lasciare la tavola per andare a coricarsi.

TOPOCAR

CAPITOLO 7

LA SORPRESA SGRADITA

Il mattino dopo i nostri amici erano ancora un po' addormentati e anche se avevano dormito più di dieci ore non avevano ancora recuperato l'intensa giornata del giorno prima.

Si alzarono con calma, fecero colazione con latte e corn flakes , si vestirono al rallentatore e uscirono dirigendosi verso la fermata dell'autobus.

Stranamente nella gabbietta non si era sentito nessun rumore. Solo all'ultimo minuto Emma si ricordò che per l'ennesima volta si erano dimenticati di Zolfo, allora tornò in casa, si avvicinò e lo chiamò:

«Psssss... psssss... Zolfo, sveglia!» niente, nessun rumore, nessun segno di vita. Al che Emma aprì lo sportello della gabbietta e toccò Zolfo scuotendolo e... sorpresa...! Si accorse che al posto del cincillà c'era il topo peluche.

«Ma che scherzo è questo?!»

Il volto di Emma diventò bianco come un cencio. Che significava tutto ciò?

dov'era finito il vero Zolfo? E adesso... che avrebbero fatto? Tante domande e nessuna risposta.

Corse fuori e chiamò il fratello, Ermes stava cercando di  convincere l'autista del pullman ad aspettare ancora qualche minuto. Tuttavia, vedendo la sorella preoccupata, fece cenno all'autista di andare.

SCUOLABUS
ACCIDENTI FAREMO TARDI!
FERMATA SCUOLA BUS

«Cosa succede Emma? sei pallida a tal punto da diventare trasparente, non ti senti bene?» ad Ermes piaceva scherzare e non poteva certo immaginare cosa fosse successo di tanto grave per spaventarla in quel modo.
«ZZZolfo è scappato!»
«Scappato? ma che dici, sei sicura?»
«Non so, nella gabbietta non c'è e al posto suo c'è il peluche. Non ho ancora guardato in giro, ma perché mai avrei dovuto trovare il peluche se lui non avesse deciso di scappare?» in effetti aveva ragione, ora bisognava capire dove fosse fuggito e il motivo che l'aveva indotto a farlo.
Passarono l'intera mattinata a cercarlo ovunque. Guardarono in lungo e in largo, ma niente, di lui nessuna traccia.
Quando si fece sera i genitori rientrarono dal lavoro, si accorsero subito che era successo qualcosa. Emma piangeva sul divano ed Ermes era imbambolato davanti alla tv, le immagini scorrevano senza che lui le vedesse.
«Ciao ragazzi, che c'è da piangere? Ermes che fai lì impalato?»
«Zolfo, non riusciamo a trovarlo, è scappato!»

«Scappato?! E come ha fatto... avete lasciato la gabbietta aperta? »

«Può darsi, ma ormai non possiamo più far niente.» Emma singhiozzando corse dal padre e lo abbracciò, aveva bisogno di sentirlo più vicino a sé.

«Su piccola, ne prenderemo un altro, non disperare...» ma Emma sapeva benissimo che nessun altro animale avrebbe potuto sostituire il loro CINCILLA' PARLANTE.

Zolfo era unico e per qualche motivo l'avevano fatto fuggire.

Il resto della serata passò molto lentamente e quando fu il momento di ritirarsi nelle proprie camere nessuno dei due credeva a ciò che era successo.

Mentre la notte diveniva sempre più buia qualcuno si mise a grattare lo stipite della finestra. Ermes si svegliò all'istante, andò alla finestra e incredulo vide Zolfo che tremava tutto infreddolito. Aprì la finestra e lo prese fra le sue braccia cercando di scaldarlo più che poteva.

«Zolfo... perché sei fuggito?» disse sottovoce e con cautela; non voleva accusarlo ne tanto meno spaventarlo.

«Io... io... non so come dirtelo, ma ero terrorizzato di non riuscire a guidare la *topocar* e se poi avessi fallito... mi avreste tenuto ancora con voi? Non voglio tornare al negozio, ormai voglio troppo bene sia a te che a tua sorella» una lacrimuccia scese sul muso baffuto del cincillà che per sentirsi rincuorato abbracciò forte il ditone di Ermes.
«Vieni qua cucciolotto» il ragazzo aprì la mano e lo fece salire sul palmo tenendolo vicino a sé.
«Ora dobbiamo andare a tranquillizzare Emma; io ero preoccupato... ma lei mi batte dieci a zero in fatto d' ansia.»
Andarono subito nella stanza di Emma. Ermes le tocco il ginocchio e in un attimo la bambina fu sveglia. Poi vide qualcosa che si muoveva sotto la coperta e con la coda dell'occhio vide accanto a sé il fratello. Allora capì che lì sotto c'era il cincillà; molto lentamente tirò la trapunta e spuntò la testolina di Zolfo. L'animaletto abbassò il muso vergognandosi un po', infine, iniziò raccontare cosa l'aveva spinto ad allontanarsi da loro, lei si addolcì e lo perdonò subito, troppo felice che quel minuscolo esserino era ritornato a casa.

CAPITOLO 8

L'INGREDIENTE BASE...

Così ebbe iniziò un nuovo giorno. Il sole spuntò e la sveglia suonò trionfante nel silenzio del mattino.

Ora che ognuno aveva confessato i propri timori erano tutti molto più sollevati e pronti per affrontare una volta per tutte Augusto il prepotente e il gattone inferocito.

Raggiunsero la fermata del pullman che li portò fino all'entrata della scuola e si avviarono verso le loro aule e... fortunatamente questa volta si erano ricordati di Zolfo!

 E lui, a sua volta, si era rammentato dei suoi amici e del bisogno che ognuno aveva dell'altro.

SCUOLA

Le prime ore di scuola passarono velocemente. Tra matematica e geometria si persero nei numeri, a tal punto da dimenticarsi che presto avrebbero dovuto dare una lezione ai due furbacchioni.

«Drinnnnn...» la campanella annunciò l'intervallo mensa e gli scolari si tuffarono in corridoio fra spintoni e urla.

«Emma?» Ermes chiamò la sorella per andare a sedersi al tavolo. Di solito stavano con i propri compagni, ma non quel giorno, avevano deciso di rimanere uniti.

«Non ho ancora visto Augusto, e tu?» chiese Emma.

«Mi pare di aver sentito il bidello dire all'insegnante che sarebbe arrivato per pranzo»

«Meno male, non vedo l'ora che finisca questa giornata!»

Fece appena in tempo a finire la frase che dalla porta della mensa entrò Augusto.

Terminato il pranzo si alzarono e andarono in giardino: dietro qualcuno li stava seguendo.

Posato lo zaino per terra, si prepararono a tirar fuori la *topocar*, ma prima si assicurarono che Zolfo fosse tranquillo e pronto per mettere in atto il piano.

«SBAM!» Augusto era arrivato da dietro e aveva spintonato Ermes; il quale d'istinto passò subito lo zaino alla sorella dicendole di estrarre la *topocar.*

«Zolfo, sei pronto?»

«Certo cara» uscì dalla tasca e si arrampicò sulla sua spalla.

«Che fai Zolfo!» urlò Ermes in preda al panico. Il cincillà aveva scombinato il piano, facendo di testa sua si era issato sulla spalla di Emma per poi lanciarsi sul testa di Augusto.

«Ehi, brutto topone che non sei altro!» disse Augusto schifato.

«Ah si, ora vedrai chi è lo schifoso...»

«Noooo... Zolfo non farlo!» gridò Ermes che ormai aveva capito tutto: il cincillà, d' accordo con Emma, era determinato a fare da cavia e per il bene dell'amico aveva deciso di tenerlo all'oscuro del piano.

«Che fai... parli coi RATTI? Idiota!» disse

Augusto. Poi si gettò a terra. Sdraiato nell'erba si dimenava a destra e a sinistra e nel frattempo tenendosi la pancia ridacchiava a crepapelle. Evidentemente Zolfo, con le sue zampette, gli faceva il solletico e Augusto non riusciva a fermarsi dal ridere.

«Zitto, Ermes!» disse Emma «Credi a Zolfo, sa cosa sta facendo!» quando il cincillà capì che il cugino aveva perso il controllo iniziò a mordicchiarlo lungo la schiena.

Quell'antipatico smise all'istante di ridere e iniziò a contorcersi dal pizzicore dei morsi.

«Ora Zolfo!» urlò Emma.

Il cincillà uscì dalla maglietta di Augusto, saltò nel prato e s'infilò a bordo della *topocar*. Schiacciò il pulsante e il pattino iniziò a prendere velocità.

Intanto Augusto si era ripreso e si stava per avventare su Zolfo... ma il roditore era stato più furbo di lui: mentre l'altro rideva a crepapelle, era sceso ai suoi piedi e aveva allacciato insieme le stringhe delle due scarpe, di modo che, quando fosse stato in piedi sarebbe certamente inciampato su se stesso. E così fu.

«PUM!» cadde a faccia in giù e per di più crollò sugli escrementi di un gatto.

«Il gatto!» sbraitò Emma.

«Ooooh... ragazzi ci siamo dimenticati i freniii...» Zolfo a bordo della *topocar* aveva perso il controllo e accorgendosi di aver dimenticato nel progetto i freni era entrato nel panico più totale.

Ermes tirò fuori i pattini dallo zaino, se l'infilò rapidamente e partì all'inseguimento del gatto.
Zolfo guidava la fila, dietro di lui c'era il gatto e in ultimo Ermes stava per raggiungerli; era a pochi metri dal gatto, quando un sassolino si conficcò fra la ruota e l'asfalto bloccandola, questa smise all'istante di girare.
Ermes scivolò a terra con un tonfo.

Nel cadere guadagnò un po' di vantaggio e riuscì ad afferrare la coda del gatto, nel medesimo istante chiamò Zolfo.

Il cincillà capì che era il momento giusto. Premette la pompetta e da essa ne uscì una bella spruzzata d'acqua . Il gatto si spaventò e saltò per aria fuggendo impaurito.

Tutta la scolaresca assistette alla scena, dapprima in silenzio, poi quando Augusto finì a testa in giù scoppiò in una fragorosa risata.

Poco dopo accadde qualcosa d'insolito, al contrario degli altri, Ermes ed Emma non si sentivano felici, anzi, provavano una sensazione più vicina alla vergogna.

Non gli era mai capitato di provare un sentimento simile, e per un attimo sperarono di poter scomparire in qualunque posto, purché lontano da lì.

Sino a quel momento, erano convinti che niente gli avrebbe resi più contenti che vedere Augusto deriso da tutti; in breve capirono che non è bello fare agli altri ciò che non vorremmo fosse fatto a noi.

D'ora in poi toccava a loro dare il buon esempio: dialogo e rispetto per il prossimo sarebbero stati gli ingredienti base della ricetta per la " buona educazione".

I fratelli si guardarono e annuirono, Emma frugò nello zaino e prese un fazzoletto porgendolo al cugino.

«Tieni, scusaci, siamo dispiaciuti e preferiremmo che non accadessero più cose di questo tipo» disse Emma.

«Alzati, basta con questi scherzi, diventiamo amici» disse Ermes allungandogli la mano in segno di pace; l'altro si pulì il viso, si rialzò e fece per andarsene... d'un tratto si voltò e sorrise: un sorriso sincero e pieno di speranze per il futuro.

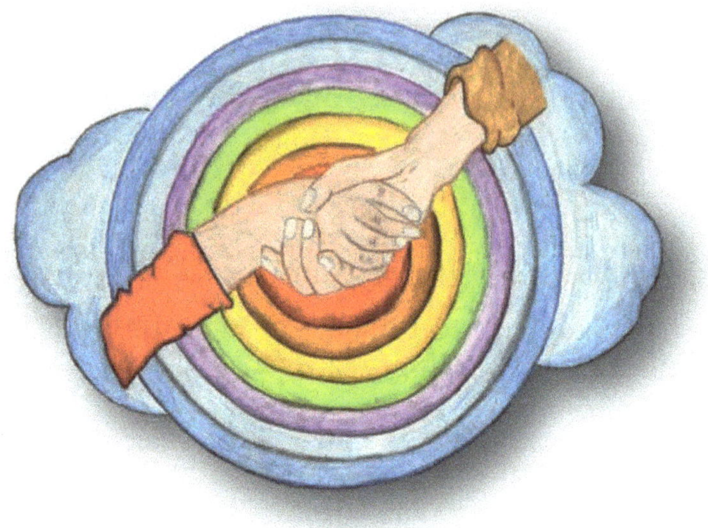

Di fronte a quella premessa leale e fiduciosa neanche l'insegnante se la sentì di punirli; avevano sbagliato ma anche imparato gli uni dagli altri i propri errori. In quell' istante niente avrebbe potuto renderlo più orgoglioso dei suoi scolari.
Poco dopo tutti i ragazzi rientrarono nelle aule... solo Zolfo, che nel frattempo era riuscito a fermarsi, restò in giardino a godersi in silenzio l' agognata libertà.

E il gattone? Anche lui gironzolò fra i cespugli, conobbe che niente appartiene a nessuno e lasciò che anche il cincillà potesse gioire di quel piccolo angolo di natura.

I giorni che seguirono furono insoliti ma piacevoli. Finalmente Ermes ed Emma andavano a scuola con tranquillità. Zolfo ispezionava ogni centimetro del giardino senza preoccuparsi del gatto e Augusto aveva imparato la lezione: il rispetto era la base di tutto, d'ora in poi nessuno l'avrebbe più chiamato "AUGUSTO IL PREPOTENTE".
Solo una cosa non cambiò: nessuno scoprì che Zolfo era un animale parlante e il segreto rimase al sicuro ancora per molto tempo.

INDICE

1. Zolfo...
2. Finalmente al "pet shop"...
3. La notte più lunga...
4. Alla scoperta del mondo...
5. Un'idea geniale...
6. La "*topocar*"...
7. La sorpresa sgradita...
8. L'ingrediente base...

FINE

Finito di stampare nel mese di Giugno 2015
per conto di Youcanprint *Self - Publishing*

www.ingramcontent.com/pod-product-compliance
Lightning Source LLC
LaVergne TN
LVHW051123180726
843512LV00012B/919